Ingrid und Dieter Schubert

Ein Krokodil unterm Bett!

Deutsch von Elisabeth Schnack

Verlag Sauerländer
Aarau · Frankfurt am Main · Salzburg

Sieben Uhr abends! Zubettgehzeit für Totti! Ihre Eltern wollen ins Theater und haben keine Zeit, Totti eine Geschichte vorzulesen oder mit ihr zu schwatzen. Mama malt ihre Fingernägel an, und Papa sagt: «Jetzt flink ins Bett, Totti!»

Totti nimmt ihren Teddybär und läuft über den Flur zu
ihrem Schlafzimmer, macht die Tür auf – und erschrickt:
unter ihrem Bett funkeln zwei große Augen!
Totti knallt die Tür zu, rennt wieder zu ihren Eltern und
stammelt: «Ich kann nicht schlafen gehen, unter meinem
Bett ist ein Krokodil!»

Mama stöhnt. Papa nimmt Totti auf den Arm und trägt sie wieder in ihr Zimmer. Er macht die Tür auf – das Krokodil ist weg!
«Siehst du, Totti! Es ist gar kein Krokodil da! Nicht unter der Decke und nicht unterm Bett! Bloß ein Haufen Gerümpel, deine Schuhe und Spielsachen und anderes Zeugs! Krokodile sind viel zu groß – die haben doch keinen Platz unter deinem Bett. Nur im Zoo und in Afrika gibt's Krokodile! Geh jetzt brav ins Bett und schlaf!»
Kaum hat Papa das Licht ausgeknipst und die Türe geschlossen, da hört Totti, wie jemand kichert. Von wo kommt das Kichern? War's auf dem Bücherbrett? Oder doch unterm Bett?

«Hallo, hallo! Hier oben bin ich!»
Vom Kleiderschrank herunter
blinzelt ein riesiges Krokodil.
Totti kann nur stottern: «Geh weg!
Ich hab Angst!»
«Du brauchst keine Angst zu
haben», sagt das Krokodil und läßt
sich vergnügt vom Schrank plump-
sen. «Ich heiße Jakob und bin gar
kein gewöhnliches Krokodil! Das
wirst du gleich sehen!»

Tottis Augen werden größer und
größer, und das Krokodil wird
immer kleiner und kleiner. Schließlich ist es so klein wie ein Schuh.
«Gefalle ich dir so besser?» kichert
das Krokodil.
Totti denkt nach. «Nein, eigentlich
nicht. Groß gefällst du mir besser,
und ich hab auch keine Angst
mehr vor dir.»
«Fein», sagt das Krokodil, macht
sich wieder groß und setzt sich
aufs Bett.

«Wo kommst du denn her?» fragt Totti.

«Aus dem Krokodil-Land. Doch das ist eine lange Geschichte; aber zuerst möchte ich mich waschen, denn ich bin ganz staubig.»

Totti nimmt Jakob bei der Pfote und führt ihn ins Bade-zimmer. Sie läßt Wasser in die Wanne laufen und kippt eine halbe Flasche von Mamas Schaumbad hinein. Jakob rutscht hinein und grunzt vor Wonne. «Wunderbar! Willst du nicht mitmachen?»

Aus dem Seifenschaum
machen sie sich weiße
Mützen. Totti tut so, als
wäre sie ein Ungetüm, das
die Puppen und Schiffchen
kapern will. Aber Jakob
fegt sie mit seinem
Schwanz aus der Wanne.

Dann macht Totti ihm vor, wie lange sie den Kopf unter
Wasser halten kann. Jakob staunt nur so.
Allmählich wird das Wasser kalt. Sie trocknen sich ab und
gehen ins Wohnzimmer.
«Wenn wir jetzt Musik hätten», meint Jakob, «könnte ich dir
den Kroki-Tanz vorführen!»
Totti legt eine Platte auf, und Jakob legt los!

Der Kroki-Tanz ist toll! Elegant schwingt sich Jakob hin und her. Er stellt sich sogar auf die Vorderpfoten und klopft mit dem Schwanz den Takt gegen die Stubendecke. Dann wirft er Totti in die Luft, kopfüber, kopfunter, und fängt sie wieder auf, bis beide zuletzt ganz außer Atem sind.

«Was machen wir jetzt?» fragt
Totti, als sie wieder schnaufen
können.
«Wir machen ein Krokodil»,
sagt Jakob. «Ein winzig kleines
Krokodil!»
Totti bringt zwei leere Eier-
schachteln an, eine große und

eine kleine, und Pinsel und
weißes Papier und eine Schere
und guten Leim. Sie kleben die
Seiten der großen Schachtel
zusammen – das soll der Bauch
werden. Aus dem weißen
Papier schneiden sie spitze
Zähne aus, und die kleine Eier-
schachtel streichen sie inwendig
rot an: das wird der Kopf! An
das Ende kleben sie einen
Schwanz aus Papier. Die
Außenseiten von beiden
Schachteln werden grün an-
gemalt – bis auf die zwei wil-
den Augen. Jakob bindet den
Kopf an den Bauch, und das
Krokodil ist fertig. Es sieht viel
gruseliger aus als der große
Jakob.

Auf einmal muß Totti gähnen und gähnt immer mehr.
«Du bist müde und mußt schlafen gehen», sagt Jakob und bringt Totti zu Bett.
«Aber du hast mir versprochen, noch vom Krokodil-Land zu erzählen, und warum du hier bist, Jakob!»
«Ach ja, natürlich! Das Krokodil-Land ist ein herrliches Land, und immer schön warm. Aber nicht bloß für Krokodile. Auch Elefanten wohnen dort, und Nilpferde und Pelikane und Strauße, und Schildkröten und Giraffen und noch viele andere Tiere. Dort komme ich her.
Als ich noch kleiner war, habe ich oft dummes Zeug angestellt.

Ich fand es so lustig, den kleinen Tierkindern Angst einzujagen.
Wenn's dunkel wurde, habe ich ihnen Gruselgeschichten von
Gespenstern und Zauberern und Ungeheuern erzählt, bis sich
die armen Würmchen nicht mehr getraut haben, einzuschlafen.
Oder ich habe mich als schauriges Ungetüm mit Hörnern und
Riesenrachen verkleidet und so getan, als wollte ich die einem
Kleinen auffressen. Eines Tages sind sie vor Angst fortgelaufen,
weil ich wie ein Ungeheuer mit langen grünen Haaren aus dem
Wasser aufgetaucht bin.

Danach ist mir etwas ganz Schlimmes eingefallen: ich habe die Krokodil-Eier und die Straußen-Eier vertauscht! Als die Eier ausgebrütet waren, gab's ein schreckliches Theater. Die Krokodil-Eltern und die Straußen-Eltern wußten nicht, was ihren Jungen zugestoßen war!

Die Jungen der Krokodil-Eltern hatten Federn, und die Jungen der Strau-ßen-Eltern hatten eine Lederhaut und stürzten sich gleich ins Wasser.
Alle Tiere waren empört. Sie beschlossen, mir Manieren beizubringen.
Ich mußte vor dem Rat der Sieben Weisen Krokodile erscheinen.

Da stand ich nun ganz allein und mußte mit anhören, wie sich alle über mich beschwerten. Das dauerte lange, kann ich dir sagen! Schließlich wandte sich der Älteste der Sieben Weisen Krokodile an mich: ‹Du hast die Kleinen so verängstigt, daß sich kein Kind mehr getraut, allein schlafen zu gehen. Deine Streiche wurden Tag für Tag abscheulicher! Zuletzt hast du sogar die Eier vertauscht und den Krokodil-Eltern und den Straußen-Eltern großen Kummer bereitet. Sie mußten mit ansehen, wie ihre Kleinen mit den Flügeln schlugen oder sich ins Wasser stürzten. Damit ist jetzt Schluß! Du mußt lernen, nett zu Kindern zu sein. Du darfst sie nicht mehr ängstigen. Deshalb schicken wir dich ins Land der Menschen. Dort haben viele Kinder Angst vor der dunklen Nacht. Du sollst ihnen zeigen, daß sie gar keine Angst zu haben brauchen. Dazu wollen wir dir zwei Dinge mit auf den Weg geben: du wirst dort die Sprache der Menschenkinder sprechen können und kannst dich so kleinmachen, daß die Kleinen keine Angst vor dir haben. Wenn du zu tausend Kindern nett warst, darfst du ins Land der Krokodile zurückkehren.›

Ich versprach feierlich, zu den Menschenkindern nett zu sein. Dann gab mir das alte Weise Krokodil etwas zu trinken, und davon bin ich gleich eingeschlafen.

Als ich aufwachte, lag ich im Bett eines kleinen Jungen. Komisch, er hatte keine Angst vor mir! Zuerst wußte ich nicht, was wir tun sollten. Wir lachten bloß, und schließlich spielten wir Indianer und hatten es sehr lustig zusammen.
Das war mein erster Besuch. Seitdem war ich bei vielen hundert Kindern. Du bist das neunhundertneunundneunzigste, Totti! Morgen werde ich mit meinem tausendsten Kind spielen, und dann darf ich ins Land der Krokodile zurückkehren. Aber von Zeit zu Zeit möchte ich gerne wiederkommen und die Kinder der Menschen besuchen.»

Jakob hatte seine Geschichte noch nicht zu
Ende erzählt, da war Totti schon eingeschlafen. Behutsam deckte er sie ganz zu, knipste
die Lampe aus und schlich sich aus dem
Zimmer.

Als Tottis Mutter am nächsten Morgen die Vorhänge zieht, fällt ein Sonnenstrahl unters Bett und direkt auf das Eierschachtel-Krokodil.
«Du hast ja doch ein Krokodil unterm Bett gehabt!» sagt Tottis Vater überrascht.
Jetzt schaut auch die Mutter hin und ist verdutzt.
Totti sagt kein Wort – sie will noch nichts verraten.

Ingrid und Dieter Schubert
Ein Krokodil unterm Bett!

Deutsch von Elisabeth Schnack

Copyright © 1980 der holländischen Originalausgabe
(Er ligt een krokodil onder mijn bed!) by
Lemniscaat b.v., Rotterdam
Copyright © 1980 der Übersetzung by
Artemis Verlag Zürich und München
Copyright © 1990 der deutschen Neuausgabe by
Verlag Sauerländer, Aarau und Frankfurt am Main

Printed in the Netherlands

ISBN 3-7941-3262-9
Bestellnummer 01 03262

———

CIP-Titelaufnahme der Deutschen Bibliothek

Schubert, Ingrid:
Ein Krokodil unterm Bett! / Ingrid u. Dieter Schubert.
[Aus d. Engl. übertr. von Elisabeth Schnack].
– Aarau ; Frankfurt am Main ; Salzburg ; Sauerländer, 1990.
ISBN 3-7941-3262-9
NE: HST